AF336407

+Y 6176.) piéce

1705

I

A
Monsieur le Comte
DE GRAMONT.

Honneur des rives éloignées,

Où Corizande vit le jour,

De Menodaure heureux séjour,

D'où vos errantes destinées

Semblent nous bannir sans retour ;

Et d'où l'Astre du jour passant les Pyrenées,

Voit tant de faces bazanées,

Et va finir son vaste tour

Devers les Isles fortunées :

Vous qui dans une auguste Cour,

Fameux depuis maintes années,

A

Yo

Sans prendre aucun mauvais détour,

Avez signalé vos menées,

Et dans la Guerre & dans l'Amour.

C'eſt à vous, Monſieur, que cet Ecrit s'adreſſe ; car à quel autre pourroit-il convenir ? Mais vous aurez de la peine à vous imaginer qui vous l'adreſſe, puiſqu'il n'eſt plus queſtion de nous, depuis des temps infinis, & qu'une longue abſence doit nous avoir effacez de votre ſouvenir. Cependant oſerions-nous un peu nous flatter que cela n'eſt pas ? puiſque

Vous n'oubliez jamais perſonne,

Témoin Dom Brite à Lerida,

Donna Raguez à Barcelone,

Gaſpar Boniface à Breda ;

Enfin Catalane, & Gaſcone,

Depuis Bordeaux juſqu'à Bayonne,

De Perpignan à Puycerda,

Et nous, vos deux amis des bords de la Garonne.

C'eſt dans ces lieux écartez & paiſibles, que nous apprenons chaque joūr, que vous eſtes plus agréable, plus rare, & plus merveilleux que jamais. Nos voiſins grands nouvelliſtes, informez des vivacitez, dont on leur mande que vous ſurprenez la Cour, nous demandent ſi vous n'eſtes pas le petit fils de ce fameux Chevalier de Gramont, dont on lit tant de merveilles dans l'Hiſtoire des

Guerres civiles. Indignez que votre caractere foit fi peu connu dans des Provinces, où votre nom l'eft tant, nous avions formé le deffein de donner ici quelque idée de votre merite : mais qui fommes-nous pour l'entreprendre? Mediocres pour le genie, & rouïllez par une longue interruption de commerce avec la Cour, comment feroit-il poffible que nous euffions ce gouft & cette politeffe qui ne fe trouvent point ailleurs, & qu'il faudroit pourtant trouver pour bien parler de vous. Car

Il ne faut pas un talent ordinaire,

Pour réüffir dans une affaire,

Où les talents fuccombent tous ;

Et quelque empreffement que l'on ait de vous plaire

Dés qu'il faut écrire pour vous,

Le projet devient temeraire ;

Et des Campagnards comme nous,

Sont bientoft reduits à fe taire.

Ainfi nous ne fongions plus qu'à ramaffer tout ce que notre memoire pourroit nous fournir des particularitez de votre vie, pour les communiquer aux plus habiles des lieux où vous eftes : mais le choix nous embarraffa. Tantôt nous voulions adreffer nos memoires à l'Accademie, perfuadez qu'ayant autrefois foutenu des thefes de Logique ; vous en fçaviez affez pour eftre reçû dans cet illuftre Corps, & pour y eftre loüé depuis les pieds jufqu'à la tefte à votre reception ; tantôt nous voulions que comme il n'y a pas d'apparence qu'il refte quelqu'un fur la terre, quand vous n'y ſerez plus, les Reverends Peres Maſſillon ou de la Ruë vous entrepriſſent par avance; mais nous jugeâmes que le premier de ces partis ne convenoit point à votre caractére, & qu'à l'égard de l'autre, il étoit contre l'uſage de vous envelopper tout vif dans les figures d'une oraiſon funebre. Le fameux Deſpreaux s'offrit enſuite à notre imagination, & nous crûmes d'abord que c'étoit ce que nous cherchions; mais quelques momens de reflexion nous firent comprendre que ce n'étoit pas votre fait.

Des ouvrages d'eſprit, Arbitre ſouverain,

Il joüit en repos de ſa premiere gloire,

Si du plus grand des Rois il travaille à l'Hiſtoire,

Phebus eſt attentif à conduire ſa main,

Et c'eſt l'unique ſoin des Filles de memoire:

Luy ſeul peut conſacrer à l'Immortalité

Un mérite comme le voſtre;

Mais ſa Muſe a toûjours quelque malignité,

Et vous careſſant d'un côté,

Vous dévifageroit de l'autre.

L'expedient qui nous vint en teſte aprés celuy-là, fut de vous mettre tout de votre long au milieu du Recueil, où l'on voit depuis peu cette belle Lettre de l'Illuſtre Chef de votre Maiſon, & voici l'adreſſe qu'on nous avoit donnée pour cela.

Non loin des superbes lambris
Qu'habitoient nos Rois à Paris,
Dans un certain recoin du Louvre,
Est un Bureau fecond, qui s'ouvre
A tous Auteurs, à tous écrits,
A des ouvrages de tout prix,
Sur tout à ceux des beaux efprits,
Quand par hazard il s'en découvre.
De ce lieu chaque mois fortent galans cahiers,
Où tous faifeurs de chanfonnettes,
(Tendres Heros de leurs quartiers)
Viennent en vers familiers,
Ufurper le nom de Poëtes;
Et fur des tons irreguliers,
Montant chalumeaux & mufettes,
Comptent champeftres amourettes,
Ou couronnent de vains lauriers
Des Ecrivains & des Guerriers
Qui font inconnus aux Gazettes.
De ces atours capricieux,
C'eft là que l'Enigme fe pare,
Met un mafque myfterieux,

Et d'un voile mince & bizarre

Embaraſſant les curieux,

Eſt toûjours neuve, & jamais rare.

C'eſt là qu'on voit en vieux tranſports

Gemir nouvelles Elegies;

Et là s'impriment tous les Morts,

Avec leurs géneatogies,

Leurs éloges, leurs effigies,

Leurs dignitez, & leurs tréſors.

Nous vîmes bien qu'il n'y avoit pas moyen de vous inſerer dans un Recueil qui devoit eſtre farci de tant d'autres choſes; & toutes ces difficultez nous remirent enfin ſur nos premiéres voyes, reſolus malgré notre inſuffiſance de tenter l'aventure nous-meſmes; & d'appeller à notre ſecours deux hommes que nous n'avons pas l'honneur de connoiſtre, mais dont quelques-uns des Ouvrages ſont parvenus juſques à nous; & pour les engager par quelques petites honneſtetez, un de nous deux, & juſtement celuy qui porte encore à l'oreille cette Perle que vous diſiez que ſa Mere y avoit miſe par dvotion, ſe mit à les apoſtropher comme vous allez voir;

O vous dont la facile véine

Enchante par d'heureux tranſports,

Tantôt les rives de la Seine,

Et tantôt la fertile plaine

Que la Marne fuit de ses bords !

Quand vos chants ornez de tresors

Du Parnasse ou de l'Hypocréne,

Badinent pour quelque Climéne,

Ou quand imitant les accords

De Thalie ou de Melpoméne,

Vous nous rendez les fameux Morts

De Rome & de l'antique Athéne ;

La Fare ! & vous Abbé sçavant,

Que Phebus de son influence

Anime & soûtient en rimant !

Donnez chacun dans une Stance

Quelque relief à ce fragment ;

Nous implorons vostre assistance.

A peine cette invocation fut-elle mise au net, que nous trouvâmes nos deux Muses, Melpoméne & Thalie quelque peu deplacées, puisque ces Messieurs ne paroissoient pas avoir rien écrit qui soit de leur département. Cette reflexion nous embarrassoit, & nous songions au tour qu'il falloit donner à cet endroit de notre Ecrit, lorsque tout à coup parut au milieu de la chambre où nous écrivions, une Figure qui nous surprit sans nous effrayer ; car c'étoit celle de votre Philosophie l'inimitable S. Evremont. Rien de tout ce tintamarre dont

on annonce d'ordinaire l'arrivée des Morts de confe-
quence, n'avoit precedé fon apparition.

> *L'on ne vit point trembler la terre ;*
>
> *Le Ciel refta clair & ferain ;*
>
> *Point de murmure fouterrain ,*
>
> *Et pas un feul coup de tonnerre.*
>
> *Il n'étoit point couvert de lambeaux mal caufus ,*
>
> *Tels qu'étala prés de Philippe ,*
>
> *Le fpectre qui de nuit apparut à Brutus.*
>
> *Il n'avoit point l'air de Laïus ,*
>
> *Qui ne portoit pour toute nippe*
>
> *Qu'un petit manteau d'Emaüs ,*
>
> *Quand il vint accufer Edipe.*
>
> *Il n'avoit rien du funefte appareil*
>
> *Que l'on croit voir à ces affreufes ombres*
>
> *Qui fortent des Royaumes fombres*
>
> *Pour interrompre le fommeil.*

Tout cela nous fit voir qu'il n'avoit pas eu envie de
nous faire peur, car il s'étoit mis tout comme nous l'a-
vions vû la premiere fois que vous nous procurâtes le plai-
fir de fa connoiffance à Londres. C'étoit ce même air go-
guenard, mais un peu refrogné, & c'étoient les mêmes
habits, qu'il avoit fans doute gardez pour nous venir rendre cette vifite ; & afin que vous n'en doutiez pas,

Il

Il avoit pris pour ce voyage

Sa calote de marroquin;

Et cette loupe à double étage,

Dont il ne vit jamais la fin,

Ornoit le haut de son visage:

Bref, il parut dans l'équipage,

Où chez la belle Mazarin

Toûjours paré du nom de Sage,

Il venoit noyer dans son vin

Les engourdissemens de l'âge,

Et rendoit chaque jour hommage

A l'éclat renaissant qui brilloit sur son teint.

Comme il étoit arrivé sans façon, il se mit entre nous sans ceremonie; mais il ne put s'empêcher de sourire du respect avec lequel nous éloignions nos sieges d'auprés de luy, sous pretexte de ne le pas incommoder. J'avois toûjours entendu dire qu'il falloit interroger les gens de l'autre monde pour les faire parler, mais il nous fit bientoft voir le contraire : & aprés avoir jetté les yeux sur le papier que nous avions laissé sur la table : J'approuve, dit-il, votre projet, & je viens vous donner quelques conseils pour vous aider à l'executer : mais je ne comprens pas le choix que vous faites de ces deux Messieurs pour vous assister. Je conviens qu'on ne peut pas écrire avec plus d'agrément qu'ils font l'un & l'autre; mais ne voyez-vous pas qu'ils ne font rien que par boutade, & que les ſujets qu'ils traittent, ſont auſſi extraordinaires que le caprice qui les entraiſne ?

> *L'un tendre, fidelle, & gouteux,*
> *Se revoltant d'un air prophane*
> *Contre l'anodyne tiſanne,*
> *Et contre l'objet de ſes vœux,*
> *Ne chante dans ſes vers heureux,*
> *Que l'Inconſtance & la Tocane :*
> *L'autre d'un ſtile gratieux,*
> *Et digne des bords du Permeſſe,*
> *Par mille traits ingenieux,*
> *Fait tout ceder à la pareſſe,*
> *Et de l'indolente molleſſe*
> *Vante le repos glorieux.*

Laiſſez-les donc là, s'il vous plaiſt ; il importe peu que vous les ayez invoquez, ils n'en viendront pas plûtôt à votre ſecours ; arrangez du mieux que vous pourrez les matieres que vous alliez raſſembler pour d'autres ; ne vous embarraſſez ni de l'ordre des temps, ni de celuy des évenemens. Je vous conſeillerois au contraire d'avoir pour objet principal les dernieres années de celuy pour qui vous écrivez, puiſque les premieres ſont trop éloi-gnées pour pouvoir en rapprocher les avantures juſques au temps où vous eſtes. Faites quelques remarques, mais courtes & legeres ſur la reſolution qu'il a priſe de ne

point mourir, & fur le pouvoir qu'il paroift avoir de l'e-
xecuter.

Son trépas par luy feul tant de fois retardé,
Eft un miracle que l'Envie
D'un œil jaloux n'a jamais regardé;
Mais de tant de fecrets qu'à fa gloire il publie,
Celuy d'éternifer fa vie,
Eft l'unique fecret qu'il ait jamais gardé.

Ne vous allez pas embarraffer l'efprit à chercher des
ornemens ou des tours déloquence pour tracer fon caractere, cela fentiroit le Panegyrique; & ce fera affez le
loüer, que de le peindre au naturel. Gardez-vous bien
de vouloir rendre fes recits ou fes bons mots; le fujet eft
trop grand pour vous. Tâchez feulement, en parlant de
fes avantures, de donner des couleurs à fes défauts, & du
relief à fes vertus.

C'eft ainfi qu'autrefois par des routes faciles,
A l'immortalité j'élevois mon Heros;
Pour vous, peignez d'abord en gros
Cent beautez à fes vœux dociles;
Faites-le voir fuivant en tous lieux les drapeaux
D'un Guerrier égal aux Achiles;
Qu'au milieu de la Paix ennemi du repos,

Il donne des leçons utiles
Aux Courtiſans les plus habiles;
Et toûjours actif à propos,
Sans leurs empreſſemens ſerviles,
Qu'il efface tous leurs travaux.
Que vos pinceaux enfin, en nouveaux traits ferti-
Le faſſent voir en differens tableaux,   [les
Tyran des fâcheux & des ſots,
Hiſtorien d'Amour & des Guerres civiles,
Recueil vivant d'Antiques Vaudevilles,
Redoutable par ſes complots
Aux Amans heureux ou tranquilles,
Deſolateur de ſes Rivaux;
Fleau des diſcours inutiles,
Agréable & vif en propos,
Celebre diſeur de bons mots,
Et ſur tout, grand Preneur de Villes.
N'oubliez pas le Cheval blanc,
Sur lequel ſoûtenant temeraire menace,
Il parut inopinément
Vers les Campagnes de l'Alſace
Aux yeux d'un Prince triomphant;

Dites par quel enchantement,
Par quelle adresse ou quelle audace,
En dépit du vieux Saint Albant,
Et d'Arlington, & d'Holiface,
Et d'une Nymphe encor à seduisante face,
Il enleva le Bouquingant.
Contez ces faits tout uniment;
Gens comme vous n'auroient pas bonne grace
A s'élever insolemment;
Et ce n'est pas toûjours au sommet du Parnasse
Que l'on chante avec agrément.
Que par un tour aisé chaque recit s'explique,
Suivez la Nature de prés;
Et que pour chaque vers, la rime faite exprés,
Du miserable Prosaïque,
Et du stile trop Poëtique,
Evite l'un & l'autre excés.
N'adorez point les goufts de la vogue publique,
Mais ne les condamnez jamais:
Il est un lieu prés du Marais,
Où depuis quelque temps le genre Marotique
Se renouvelle avec succés.

Empruntez les nouveaux attraits
Que l'on trouve à son air antique :
De Ronsard ou de Rabelais
Instruisez-vous dans la boutique ;
Il ne faut que cinq ou six traits
D'un langage obscur & Gotique,
Pour divertir à peu de frais.

Nous l'assurâmes que nous tâcherions de profiter de ce dernier avis ; mais que celuy de ne pas tomber dans le versification rampante, nous paroissoit plus difficile à suivre. Encore une fois, dit-il, faites de votre mieux, on aura quelque indulgence pour des gens qui écrivent pour le Comte de Gramont : en tout cas vous n'estes gueres connus que de luy, & selon les apparences, ce que vous allez faire ne donera pas au public une grande envie de vous connoître. Finissons cette visite, poursuivit-il, & faites connoître à mon Heros par les souhaits que je vais faire, que je m'interesse toûjours pour luy ;

Que de ses jours nombreux l'immuable Destin
D'un Esprit éternel soûtienne encor les charmes ;
 Qu'il dorme un peu plus le matin,
Qu'il renonce à jamais au tumulte des armes ;
 Et que le Pere Seraphin,
 Toûjours sur de fausses allarmes,
 Le vienne exhorter à sa fin ;

Et que ce soit toûjours en vain
Qu'abandonné du Medecin,
La Cour pour luy verse des larmes.
Par ses soins redoublez, que le Roy convaincu,
Qu'il ne vit plus que pour le suivre,
Puisse apprendre de luy l'heureux art de revivre,
Aprés avoir aussi long-temps vêcu.

A tant se teut le Normand Philosophe,
De son temps gentil Clerc, ains gaudisseur juré,
Et que pieça, dit on, aviez pour tout Curé,
Mais dont Prônes meshuy, pas ne sont de l'étoffe,
D'un Pasteur ensepulturé.
Or, s'en partit revoir la quointe bande
D'amis feals qu'en l'autre monde avez ;
Ja n'est métier qu'illec il vous attende :
Si ne dira pourquoy celle legende,
Trop mieux que nous la raison en sçavez.
Que si dans cinquante ans sans estre grain malade,
Force vous est pourtant à la parfin
Sur lit gésir en piteuse parade,
Et vers les Morts prendre votre chemin,

A donc verrez maint & maint Camarade,

Qui menant feſte & moult joyeux Hutin,

A grand randon vous feront accolade.

Là trouverez Meſſire Benſerade,

Le Preux Chapelle, & Maiſtre Chapelain,

Les Damoizels, Voiture, & Sarrazin,

   Et cil, qui Chanſon ne Balade

Onc ne rima ſans hanap de bon vin.

Adieu, Seigneur, qui jadis par le monde

Fin ne mettiez d'aimer ou batailler,

Roide Jouſteur, & courtois Chevalier,

Aſſez devant les Guerres de la Fronde ;

Si revenez és bords de la Gironde

En coche clos, & ſans vous travailler,

Verrez Chaſtel ſiz à dextre de l'onde,

Que perron n'a ne ſuperbe eſcalier,

Mais dontFoſſez ont eau claire & profonde;

Là demeurons ; veuillez ne l'oublier.

Souvenez-vous en donc, s'il vous plaiſt, Monſieur, ſi par hazard l'envie vous prend de revoir votre belle mai-ſon de Semeac. En attendant, trouvez bon que nous fi-niſſions cette longue Lettre ; nous avons eu beau chan-ger de ſtile & de langage, pour en faire quelque choſe,

vous

vous voyez combien nous fommes reftez au deffous de
notre fujet : il faudroit pour y reüffir, que celuy que nos
fictions viennent de reffufciter, fût encore parmi les vi-
vans. Mais

> *Il n'eſt plus de Saint Evremont,*
>
> *Et ce Croniqueur agréable*
>
> *Du ſerieux & de la fable,*
>
> *Ce Favory du ſacré Mont,*
>
> *N'a pu trouver le Cocyte guéable :*
>
> *Et de ce Fleuve redoutable*
>
> *Le retour n'eſt permis qu'au Comte de Gramont.*

Permis d'imprimer. Ce 3. Mars 1705.
Signé, M. R. De Voyer d'Argenson.

www.ingramcontent.com/pod-product-compliance
Lightning Source LLC
LaVergne TN
LVHW010135060726
842524LV00005B/1945